Trooooooooooop loin !

Impossible de se perdre sur notre site :
www.soulieresediteur.com :

Trooooooooooop loin !

un roman de
Louis Émond

illustré par
Julie Miville

SOULIÈRES
ÉDITEUR

case postale 36563 — 598, rue Victoria
Saint-Lambert (Québec) J4P 3S8

Soulières éditeur remercie le Conseil des Arts du Canada et la SODEC de l'aide accordée à son programme de publication et reconnaît l'aide financière du gouvernement du Canada par l'entremise du Fonds du livre du Canada (FLC) pour ses activités d'édition. Soulières éditeur bénéficie également du Programme de crédit d'impôt pour l'édition de livres – Gestion Sodec – du gouvernement du Québec.

Dépôt légal : 2015

Catalogage avant publication de Bibliothèque et Archives nationales du Québec et Bibliothèque et Archives Canada

Émond, Louis, 1957

    Trooooooooooooop loin !

    (Ma petite vache a mal aux pattes ; 135)
    Pour enfants de 7 ans et plus.
    ISBN 978-2-89607-335-1

    I. Miville, Julie. II. Titre. III. itre : Trop loin! IV. Collection : Collection Ma petite vache a mal aux pattes ; 135.
PS8559.M65T767 2015   jC843'.54   C2015-940303-0
PS9559.M65T767 2015

Conception graphique de la couverture :
Annie Pencrec'h

Logo de la collection :
Caroline Merola

À mes amis,
Lorraine et Roger
que je ne perdrai jamais de vue.

Chapitre 1

La panne et la panique

« **J**e suis perdue. »

Zou regarde autour d'elle. Elle espère reconnaître un arbre, une montée, un point de repère.

Rien.

Juste des troncs. Tous pareils. Comme des cure-dents dans une boîte.

Elle tend l'oreille. Pour capter un son, une voix, le bruit d'une voiture… Pour s'orienter. Pour retrouver son chemin vers l'autobus. Vers ses amis.

« Je suis égarée dans un fichu boisé. »

Boisé ! Madame Archambault a appelé ça un *boisé*… Une forêt, oui ! Sinistre. Angoissante. Comme celles des contes de fées !

« Y'a-tu des loups ici ? »

Zou remonte le capuchon de son anorak rouge. Puis le rabat aussitôt.

N'a-t-elle pas déjà vu ces fougères, là-bas ? Et ces fleurs bleues et jaunes ? Ce rocher ? Oui, ce rocher ! Qui ressemble à un bébé baleine échoué.

« Quand je l'ai vu, il était à droite. »

Donc, on prend à gauche. Simple.

Simple, sauf que Zou ne se souvient plus de quel côté elle est venue. Elle rebrousse chemin.

« Ça a plus l'air d'un éléphant. Ou d'un ours. Ou… du matelas du gymnase de l'école. »

Se sont-ils aperçus de son absence ? Mia ? Pomme ? Keran ?

Et le moteur de l'autobus ? Est-il réparé ?

Pourraient-ils être repartis… sans elle ?

Panique-o-mètre à 4. Sur une échelle de 10.

Coincée ici pendant des heures, ou des jours, elle va manger quoi ? Boire quoi ?

Et les animaux sauvages ? Toutes les forêts en abritent… N'ont-ils pas soif, eux aussi ? Et faim ?

Panique-o-mètre à 5.

Que faire devant un animal avec des crocs et un creux ?

« *Pour fuir un ours, il faut déva-ler une pente en courant. Les ours ont peur des pentes à cause de leurs pattes antérieures trop courtes.* »

Les exposés oraux sur les ani-maux ont eu un avantage, finale-ment…

Pour les loups, cependant, au-cune information ne lui revient.

Qui a parlé du loup ? Dans sa tête, elle revoit l'exposé. Archi-nul. Et les rires, et les commentaires de ma-dame Archambault.

Quel élève a parlé du… ? Non ! Pas lui !

« Maudit Jano ! Pourquoi il n'a pas eu l'ornithorynque ? Ou le kiwi ? Ou le pangolin ? Ou n'importe quelle bibitte inutile… ? »

La colère monte avec l'angoisse.

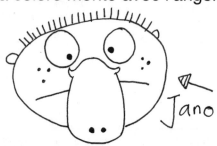

« La faute de Jano aussi que je me sois perdue ! Mau-dit-Ja-no ! »

Enfin ! Quelqu'un à blâmer !

Zou prend une roche et la lance contre un arbre. En attrape une autre. Frappe le baleineau de pierre (ou l'éléphant ou le matelas du gymnase…) avant de l'égratigner furieusement.

Calmer sa frustration comme on se gratte le bras quand ça nous démange.

« Courir… »

Courir pour éteindre le feu. Courir l'apaise toujours. Courir, mais sans perdre de vue le rocher.

Zou laisse tomber le caillou. S'élance. Mais au bout de quelques minutes d'un sprint énergique, un

bruissement la force à s'arrêter. Quelque chose l'a sentie, repérée.

« Et cette *chose* s'assure que je suis seule avant de m'attaquer et de me dévorer. »

Doucement, Zou s'empare d'un gourdin de bonne taille. Nouveaux bruissements.

Panique-o-mètre à 7. Près de la zone rouge.

Le dos droit, les bras raides, la fillette est aux aguets. Plus rien. Les bruissements ont cessé. Qu'est-ce que c'était ? Une souris ? Une couleuvre ?

…

Un pangolin ?

Chapitre 2

L'envie et les envahisseurs

Figée, Zou s'adresse mille repro-
ches. Elle s'en veut de ne pas avoir
suivi la consigne. Mais elle avait une
excellente raison : une… envie.

Pressante.

Elle n'allait quand même pas faire
ça devant tout le monde ?

Par contre, avait-elle besoin de
s'éloigner autant ?

« Jano et Cali me suivaient. Jano
a un téléphone intelligent et donc…
un appareil photo ! »

Face ronde

Collier
de
poils

Queue touffue

= Trop mignon

Il fallait les semer.

« Maudit Jano ! »

La colère monte. Puis descend.

« J'aurais dû revenir sur mes pas… après. »

Mais après est apparu le drôle d'animal. Avec sa face ronde comme la lune, sa queue touffue, son pelage foncé, son collier de poils clairs.

« Il était trooooooooop mignon… »

Zou s'en était approché mais, craintif, l'animal s'était éloigné. Son déhanchement avait fait rire la fillette. Après quelques minutes de poursuite, l'étrange quadrupède était disparu sous les branches basses d'une épinette.

Qu'est-ce que c'était ?

Zou s'était promis de chercher dans Internet à son retour à la civilisation. Mais reverrait-elle un jour la civilisation ?

« C'est la faute des profs, aussi ! *N'allez pas là ! Ne faites pas ça !* S'ils donnaient moins de consignes, on les suivrait… »

Elle s'assoit sur une souche. Nerveuse, elle tape le sol devant elle avec son gourdin.

Prévenir ?

« Madame Archambault ? Je dois trouver un coin tranquille pour… »

L'enseignante aurait compris. Mais Zou ne l'a pas fait; elle ignore pourquoi. Depuis quelque temps, elle a du mal à se comprendre. Elle demande moins de permission, s'impatiente, se fâche pour un rien. Elle ignore pourquoi.

De même, elle ignore pourquoi elle a souvent envie de provoquer, de rabrouer, de menacer. De frapper même. Sa dispute avec Pomme, quelques minutes avant la panne, était ridicule. Pas une dispute d'ailleurs : un procès puis une exécution.

Pomme aime à verser du lait dans un pot de confiture presque vide pour en boire ensuite le contenu. Et après ? Pourquoi l'insulter ? Pomme, si gentille, sans malice. Pomme, si gaie avec ses belles joues rouges, rondes et luisantes.

Maintenant, Zou aimerait tant s'excuser de l'avoir traitée de poisson vidangeur. Le lait à la confiture de framboises, c'est peut-être bon après tout.

Zou doit retrouver son chemin. Elle va le retrouver.

Ce rocher, elle le reconnaît : c'est le baleineau échoué, rien d'autre.

Elle tourne vers sa gauche et elle marche droit devant elle.

Droit vers l'intérieur de la forêt.

Chapitre 3

La manquante et les manquements

La pause est terminée et les élèves sont remontés à bord de l'autobus. D'ici une vingtaine de minutes, un mécanicien viendra réparer le moteur.

Monsieur Soucy, le mari de madame Archambault, compte les enfants à bord. Bien sûr, Jano, Arthur et Toni se cachent et changent régulièrement de place, obligeant monsieur Soucy à recommencer.

Sa troisième tentative lui confirme cependant qu'il manque un enfant.

Le visage plus blanc que le tableau du même nom, monsieur Soucy se précipite à l'extérieur de l'autobus jaune où madame Archambault discute avec le chauffeur.

— Thérèse, dit monsieur Soucy, il t'en manque un…

L'enseignante marche vers le véhicule en marmonnant quelque chose au sujet des blagues idiotes de Toni et compagnie, mais son mari l'arrête.

— J'ai compté trois fois. Ils sont 25, y compris tes trois clowns sous leur banc.

Thérèse Archambault se tourne d'abord vers la forêt. Elle examine ensuite les abords de l'autoroute, dans les deux directions, puis regarde sous l'autobus. Immobilisé sur l'accotement, le véhicule est secoué par l'agitation qui règne à bord.

En regagnant l'habitacle, l'enseignante et les deux hommes sont assaillis par les odeurs de patates chips, de réglisses rouges, de biscuits au chocolat, de *nachos* au fromage et de boissons aux fruits. À ce mélange s'ajoutent le parfum de plusieurs corps déchaînés et les émanations de quelques systèmes digestifs.

— Assis.

Le silence envahit aussitôt l'autobus.

Mais l'odeur demeure.

— Les enfants, j'ai quelque chose à…

— Madame Archambault ?

L'enseignante n'a pas l'habitude de se laisser interrompre par un élève. Sauf que… c'est Inès, et à moins d'une excellente raison, Inès n'essaierait jamais d'interrompre qui que ce soit.

— Oui, Inès ?

— Zou n'est pas là.

Voilà l'élève qui manque à l'appel : Zou.

— Quelqu'un l'a-t-il vue partir ?

— Je l'ai vue marcher vers le boisé, dit Keran.

Madame Archambault se tourne vers lui.

— Ça m'étonnerait : la consigne

était claire. Même Arthur, Toni et compagnie ne se sont pas risqués à pareil manquement.

— Arthur et Toni, s'exclame Jano, c'est juste des peureux. C'est pour ça que j'y ai été avec Cali, hein Cal' ?

Ce dernier baisse la tête en voyant l'enseignante faire un pas vers leur banc.

— Jano, où es-tu allé avec Cali ? demande-t-elle.

— Dans le *boâââsé*, répond Jano avec un sourire. Pour suivre Zou.

L'enseignante fixe maintenant Cali.

—Zou est donc allée dans la forêt ?

Cali fait signe que oui.

— Et tu l'as vue en ressortir ?

Cali fait signe que non.

— Vous auriez dû me prévenir, dit sèchement l'enseignante en tournant les talons.

— On n'est pas des *stools*…, marmonne Jano dans son dos.

Madame Archambault rejoint les

deux hommes à l'avant et les informe de la situation.

— J'y vais, dit monsieur Soucy. Reste avec tes élèves.

— Michel, murmure sa femme, ton sens de l'orientation et moi, on pense que ce serait mieux que tu restes ici.

Quelques minutes plus tard, l'enseignante marche vers la forêt sous le regard de ses élèves, de son mari et du chauffeur.

— On gage qu'elle va se perdre ? lance Jano.

— Pas drôle, Jano !

Chapitre 4

Le coeur est lourd et l'ours noir

« **Q**uelle heure peut-il être ? »

Zou l'ignore. Sa montre est restée à la maison. Cadeau de son papy Mage, sa maman lui interdit de l'apporter où que ce soit.

— Tu risques de la perdre.

« Ça sert à quoi une montre que t'apportes nulle part ? »

Assise au pied d'un érable, la fillette sent la fatigue. Et la peur. Elle a envie de pleurer, mais résiste. Les larmes, c'est la fin.

Madame Archambault a récemment lu à ses élèves un roman à propos de scouts prisonniers d'une caverne. Or, l'un d'eux répétait qu'il fallait garder espoir. Qu'arrêter d'espérer, c'était mourir lentement.

« Pleurer c'est comme arrêter d'espérer. »

Zou ferme les yeux.

« Ils vont me retrouver… »

Un craquement ! Quelque chose ou quelqu'un vient de marcher sur une branche !

« Sûrement un adulte ! Madame Archambault ou son mari ! »

Zou se lève puis se laisse retomber par terre. C'est bien un adulte qu'elle a vu.

Un ours adulte. Noir. Immense. Qui agite furieusement la tête en lançant un cri comme jamais Zou n'en a entendu de sa vie.

« Il a l'air *fru',* en plus… », se dit la fillette. « Une chance que je l'ai vu avant ! »

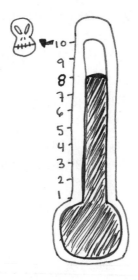

Elle ramène ses jambes repliées contre son ventre.

« Il me faut… une pente… »

Elle regarde autour d'elle : le terrain est plat comme une feuille mobile.

Degré d'inclinaison : zéro. Panique-o-mètre à 8. Et le 9 approche au même rythme que l'ours. Zou n'ose pas bouger une paupière. Soudain, un nouveau bruit. Elle se penche. L'ours s'éloigne en trottant.

A-t-il été effrayé ? Par quoi ?

À nouveau, Zou risque un oeil et aperçoit une ombre sur sa gauche ! Prudente, elle pivote autour de l'arbre et attend quelques secondes avant de pencher une nouvelle fois la tête. Une silhouette, enjambant les obstacles, progresse avec précaution. Un être humain.

Zou est sur le point de se montrer quand elle voit un fusil dans le dos de l'inconnu.

Un chasseur ? Sans doute… Peut-être…

La fillette hésite.

« Mais pourquoi t'as peur, Zou ? »

Mais oui, pourquoi ? Après tout, ce n'est qu'un inconnu armé d'un fusil qui se promène au milieu d'une forêt où elle-même est perdue.

Elle le suit des yeux.

« C'est peut-être un *pas gentil*... Un évadé de prison ! Madame Archambault a dit qu'on était passés près d'une prison, tantôt...»

La voix de sa grand-maman : *Il ne faut jamais parler aux inconnus qu'on ne connaît pas !*

« Je vais rester cachée jusqu'à ce qu'il parte. »

Ce qui ne tarde pas. En quatre enjambées, la silhouette disparaît derrière un écran de conifères. Zou compte jusqu'à 20, puis se relève.

S'est-elle montrée trop prudente ?

La voix de Keran : *Quand on reste sur ses gardes, on évite d'être dans la m...* »

Une idée. Il lui faut une idée pour retrouver l'autoroute.

« Faire comme en maths ? »

Zou se remémore la démarche pour résoudre un problème.

« *Que cherche-t-on ?* La sortie. »

Elle poursuit.

« *Que sait-on ?*

Je suis perdue;

Il est tard;

J'ai faim, soif, peur;

Je ne pleure pas (pas encore);

Un ours rôde;

Un inconnu armé d'un fusil rôde;

J'en veux à Jano;

Je vais l'étriper quand je vais le revoir... »

Zou sent remonter sa colère.

« *Que doit-on savoir ?*
Où je me trouve;
Où se trouve l'autobus.
Comment l'apprendre ?
Carte géographique;
GPS;
Ailes d'oiseau;
 ?

…
Un arbre ! Pour grimper ! »

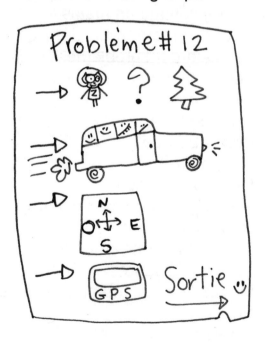

Zou regarde autour d'elle, cherche, va à droite… revient sur ses pas, va à gauche, recule.

— C'est trooooooooooop long !

Elle poursuit néanmoins son exploration.

Et au moment où elle ne l'espère plus, Zou le trouve. Enfin ! Droit. Solide. Ses branches sont hautes. Et surtout, surtout, un autre arbre, déraciné celui-là, est appuyé dessus.

Un arbre qui lui servira de pont !

Confiante comme une gymnaste sur sa poutre, Zou grimpe en s'aidant de ses mains. Mais bientôt l'arbre bascule et elle a tout juste le temps de sauter avant qu'il s'écrase ! Son hurlement, au moment de l'atterrissage, a certainement réveillé toute créature encore en hibernation.

Étendue sur un tapis de feuilles pourries, Zou sent les battements de son coeur.

Rêve-t-elle ?

A-t-elle entendu son nom ?

Elle s'assoit, écoute : rien.

Elle ramène sa jambe gauche, s'appuie sur son pied, redresse la droite et... lâche un nouveau hurlement ! C'est comme si une lame s'enfonçait dans sa cheville. Toujours assise, toujours en douleur, elle se met à reculer, en rampant sur les fesses.

Pour aller où ? Elle n'en a pas la moindre idée.

Elle se traîne sur quelques mètres, à l'aveuglette, comme une écrevisse désorientée.

Puis elle s'arrête et se met à pleurer.

De mal, d'abord. Puis de peur.

Une peur sourde, incontrôlable. Une peur qui s'amplifie quand elle voit la silhouette armée d'un fusil s'avancer vers elle...

Chapitre 5

L'appel de la piste

Le sol boueux oblige madame Archambault à marcher en prenant mille précautions.

De temps à autre, elle crie « ZOU ! », mais jusqu'à maintenant, seul le silence lui a répondu. Elle cherche de nouvelles traces de pas. Les premières, celles qui l'ont menée jusqu'ici, ont disparu près d'une souche. Elle espère repérer une nouvelle piste, un indice, n'importe lequel.

A l'aide d'un gros bâton de craie qu'elle a déniché dans son sac, l'enseignante trace un « A » bien visible sur un frêne. Un rocher attire alors son attention. Il ressemble à un hippopotame sans oreilles.

« Ou… au vieux matelas dans le gymnase. »

Elle s'en approche, examine le sol autour et… ouvre grand les yeux. À droite, un « Z » est gravé dans la mousse.

« Zou… »

Enfin une nouvelle piste !

« Mais pourquoi tracer cette lettre puis s'en aller ? »

Quelque chose ou quelqu'un l'aura forcée à se déplacer. Avant de fuir, Zou aura pris le temps de tracer son « Z » dans la pierre. Pour prévenir.

« Mais qu'est-ce qui aurait pu la forcer à fuir ? »

Deux possibilités : un être humain ou un animal.

« Pauvre chouette ! Elle doit avoir si peur… »

Comme une réponse à cette réflexion, un cri retentit, suivi d'un bruit sourd.

— ZOU ! tente de crier madame Archambault de son filet de voix. ZOU-OU-OU !

« On n'a pas idée d'avoir un prénom pareil quand on se perd en forêt. De loin, ça peut aussi bien ressembler au cri d'un hibou ou d'un loup. »

Un nouveau cri interrompt ses pensées. À gauche ? À droite ? Identifier la provenance d'un son en forêt est tellement difficile.

— ZOU !

Silence.

Regrettant de ne pas être dotée d'une voix de Stentor, madame Archambault trace un nouveau « A » sur un chêne puis dirige ses pas sur la gauche.

Marchant et courant en alternance, l'enseignante lance de temps à autre un « Zou ! ».

La situation lui rappelle étrangement celle qu'elle a vécue en début

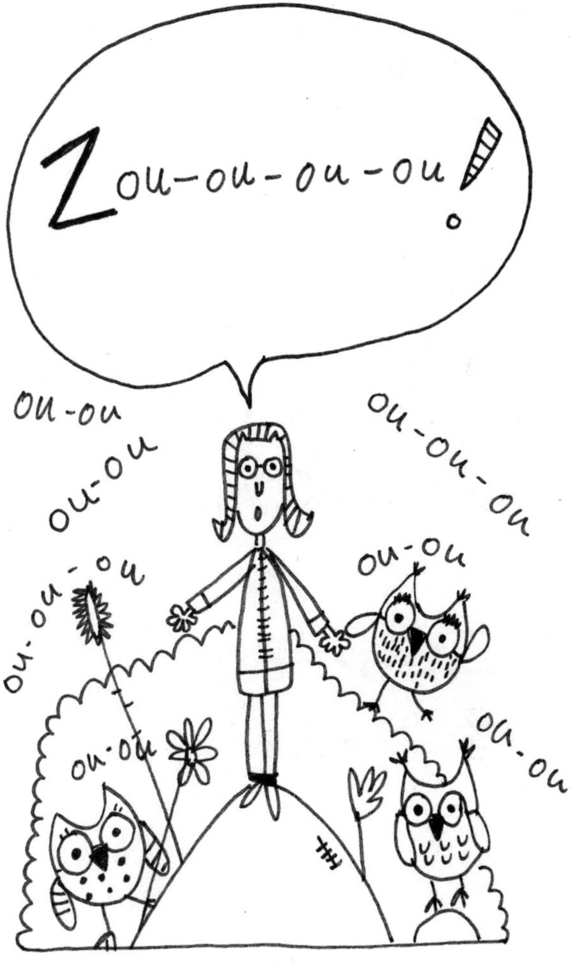
Zou-ou-ou-ou !
ou-ou
ou-ou
ou-ou-ou
ou-ou-ou
ou-ou
ou-ou-ou
ou-ou
ou-ou

d'année avec Jean-François Pellerin.
L'enseignante a la chair de poule.

« Celui-là… ! Bien contente qu'il
soit déménagé… »

Chapitre 6

Les *vrida-bouls* et l'évasion

La dépanneuse est arrivée.

Dans l'autobus, les élèves s'ennuient.

Le mécanicien fouille dans le moteur.

Jano monte sur son banc.

— Ceux qui trouvent ça plate, levez la main !

Tous lèvent la main.

La tête dans le moteur, le mécanicien dit au chauffeur :

— Répète-moi ça…

— J'ai entendu *zzzzzz-vvvvv…* Puis *vrrida-boul-vrrida-boul-vrriiiiiiii… DABOUL* ! Et là, tout a arrêté !

— Et qui veut venir avec moi ? demande Jano. Levez la main !

Neuf mains sont levées.

— Et le *zzz-vvv,* demande le mécanicien. Y'est venu avant le *vrida-boul* ?

— D'après moi, oui, répond le chauffeur. Vous ?

Monsieur Soucy sursaute.

— Hein ? Euh… Absolument ! répond ce dernier qui n'en sait absolument rien.

Jano fait signe aux neuf volontaires de le suivre.

— On sort par ici ! Chut…

Le mécanicien fixe les deux hommes.

— Le *vrida-boul* à la fin, hein… ? Tant mieux ! Si ç'avait été le *zzz-vvv*

à la fin, là, on aurait été dans l'troub',
j'ai pas peur de vous le dire…

Le chauffeur et monsieur Soucy
s'adressent un sourire soulagé.

Au même moment, la porte arrière du véhicule s'ouvre. Une dizaine
d'enfants en descendent. Restés à
l'intérieur, les autres élèves les regardent entrer dans le boisé. L'idée
leur est venue « d'aller le dire », mais
Jano n'aime pas les *stools*.

Chapitre 7

Les équipes
mènent l'équipée

Le commando de Jano s'enfonce dans la forêt.

— Okay, dit le garçon. On se met en équipes ! On aura plus de chances de les retrouver.

Cinq secondes plus tard, Jano, Toni, Arthur, Cali et Bosco partent dans une direction et Schtkl, Keran, Pomme, Mia et Inès dans une autre.

— Les premiers qui les retrouvent ! crie Jano de loin.

— On gagne quoi ? demande Keran.

Un sourire malicieux éclaire le visage d'Arthur.

— Un esclave dans l'équipe qui a perdu, dit-il.

— Pour toute la classe verte, précise Toni.

— À plus tard, futurs esclaves ! lance Schtkl.

Schtkl a confiance. Il vient de découvrir un « A » tracé à la craie blanche sur un arbre. « A » pour Archambault ! Le garçon se dit que l'enseignante sait où se cache Zou – les profs savent tout – et qu'elle trace ce signe pour regagner ensuite plus rapidement l'autobus.

En suivant les « A », ils trouveront leur enseignante et Zou.

Cependant, Jano lui aussi a un plan.

— Qu'est-ce qu'on fait, Jano ? Est-ce que c'est grave qu'on soit partis ? demande Bosco dont les questions viennent toujours par deux.

— Ben non, Bosco, répond Jano.

— *Quand qu'on* va ramener Zou en vie, *on va-t-être* les héros du jour, ajoute Toni dont les fautes de français viennent souvent par deux, elles aussi.

— C'est-tu comme un plat du jour, ça ? Comment on va faire pour la retrouver ?

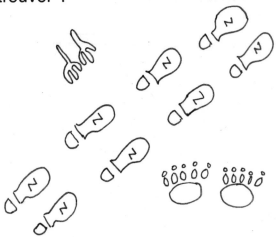

— En suivant… ça ! dit Jano, les yeux au sol.

— Des empreintes ! s'exclame Cali en souriant.

— Des petites empreintes ! précise Arthur.

— *Qu'est*-ce que je remarque c'est que *ça l'a l'air* d'avoir été fait par des petits pieds ! renchérit Toni en n'oubliant pas ses deux fautes.

— Ceux de Zou ! conclut Cali.

Les cinq garçons se regardent.

— Quand est-ce qu'on choisit notre esclave ? Il va faire tout ce qu'on lui dit, hein ?

Désormais certains de leur vic-
toire, Jano et ses amis se tapent
dans les mains.

— Quelqu'un a apporté un lunch ?
Est-ce qu'il y a des toilettes, ici ?

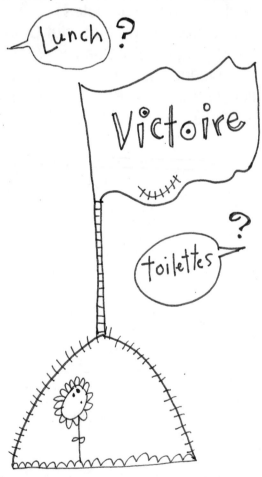

Chapitre 8

L'ermite à l'air louche

Un autre cri. Tout près. Mais l'enseignante n'ose pas appeler. Par prudence.

Dans sa tête, la voix de Keran lui rappelle : *Vaut mieux être prudent que de se retrouver les deux pieds d'dans !*

« Enfin, quelque chose du genre… »

Madame Archambault ramasse une branche cassée, puis, la tenant à deux mains, elle allonge les bras et, telle la frappeuse étoile de son équipe de balle molle, s'élance.

Au même moment, des bruits de sanglots rompent le silence de la forêt.

Elle marche droit devant, rapidement.

Encore un cri. Suivi d'un « non » suppliant. Pas de doute : c'est Zou.

Progressant rapidement, l'enseignante aboutit à un monticule. De là, elle découvre enfin celle qu'elle cherche : assise sur une souche devant une grande tente, Zou pleure en priant quelqu'un de ne pas lui faire de mal.

Le sang de madame Archambault ne fait qu'un tour.

Avançant d'un arbre à l'autre, les mains crispées sur son bâton qu'elle espère solide, elle se prépare au pire.

Elle a lu des histoires au sujet de ces ermites qui vivent au fond des bois, comme des animaux. L'un d'eux, un mathématicien et philosophe, s'est retiré dans la nature pendant plus de dix-huit ans. Pour se désennuyer, il

envoyait des bombes par la poste, cachées dans des colis. Un maniaque. Un esprit dérangé. Apparemment comme celui qui se trouve devant Zou.

Tremblant comme une feuille, madame Archambault avance d'un arbre à l'autre vers le campement. Les paroles de Zou, implorant l'autre de ne pas la toucher, lui parviennent avec netteté; chaque mot pénètre le coeur de l'enseignante, aiguisant sa colère, renforçant son courage.

Surgissant de derrière un grand hêtre, elle s'élance vers l'affreux personnage, brandissant le gourdin au-dessus de sa tête.

Zou ouvre des yeux affolés.

—Madame Archambault, NON ! ! !

Chapitre 9

Les égarés
se garent

— On n'est pas déjà passés par ici ? demande Arthur. On n'a pas déjà vu ça, ces fleurs-là ?

— Hey ! sourit Bosco. J'allais poser les mêmes questions.

— Ces fleurs-là ont le milieu jaune et le tour bleu, réplique Jano. Tantôt, c'était le contraire.

— T'es certain, Jano ? demande Cali.

— Aussi certain que t'es né en Syrie...

— Il me semble que j'ai vu les mêmes fleurs en dessous du même arbre, il y a dix minutes, insiste l'autre.

— *Syrien* que dans ta tête, soupire Jano.

— On tourne en rond ! réplique Cali. Et dis-moi surtout pas que *Syrien* qu'une impression.

— J'allais pas dire ça, répond Jano. J'allais dire... *Syrie*dicule.

Silence.

Jano scrute le ciel, puis les visages de ses compagnons.

— On est perdus, hein ? demande Arthur.

— C'est vraiment stupide, marmonne Jano.

— Qu'est-ce qu'elle va dire, madame Archambault ? s'inquiète Bosco. Est-ce que j'aurais dû rester dans l'autobus ?

—Si *j'ara'* su…, dit Toni (première faute). Tu proposes qu'on *faise* quoi, là ? (et de deux !)

— On va sur la grosse roche, là-bas, propose Cali, celle qui a l'air d'un rhinocéros.

— Ça a plus l'air d'un éléphant, remarque Jano.

— Nan ! proteste Arthur. Une vache plutôt. Ou un sous-marin qui a coulé !

Dépités, les cinq compagnons marchent vers la vache sous-marine. Mais à peine sont-ils assis qu'un bruit les fait se relever. Des pas. Des voix.

— On les a retrouvées ! lance Schtkl.

— Oui, oui, c'est ça, réplique Jano.

— Sérieux, dit Schtkl. Elles sont prisonnières d'un maniaque avec un gun.

Inès confirme la nouvelle d'une voix pleine d'autorité.

— C'est vrai !

Les coéquipiers de Jano sont stupéfiés.

Madame Archambault et Zou... prisonnières ?

— On fait quoi, là ? demande Bosco.

Silence.

Tout le monde attend sa deuxième question.

Puis Schtkl demande :

— Vous trouvez pas que ce rocher-là ressemble au gros matelas du gymnase ?

Vrrri-dabouls

Les absents ne seront pas absous

V VVRRRRRRRRRRRRiii-da-vrr
RR RRROOOOOOOOOUUUUU-
UUUUUMMMM !

Le moteur de l'autobus ronronne.

— Bon ! lance le mécanicien.
C'est réparé !

— On va t'en devoir une, Horace !
s'exclame le chauffeur.

—Les vrrri-dabouls, ça me résiste
jamais, sourit le mécanicien, j'ai pas
peur de vous le dire…

Il s'essuie les mains sur une gue-
nille en regardant l'autobus.

— Pour moi, vos p'tits monstres
sont finalement tombés endormis.

— C'est vrai que c'est tranquille,
dit le chauffeur en se tournant vers
monsieur Soucy .

Le teint de celui-ci vire aussitôt au
vert.

— Ah non !... grommelle-t-il.

Il court vers l'autobus où l'accueillent plusieurs sièges vides et quelques airs coupables.

— Une dizaine d'enfants ont pris la clé des champs, annonce monsieur Soucy en sortant du véhicule.

— Bah ! blague le mécanicien. En autant qu'il vous reste la clé... du bus !

Silence.

— D'après moi, les vlimeux ont dû sortir par la porte d'en arrière, dit le chauffeur. Mais je ne comprends pas que le signal ne se soit pas déclenché...

— Oups !... dit le mécanicien. Vous souvenez-vous quand j'ai débranché la batterie durant une quin-

zaine de minutes, vu que le morceau
à changer était direct en d'sous... ?

Ils se souviennent. Les feux d'ur-
gence s'étaient éteints d'ailleurs.
Cependant, personne n'a songé au
signal sonore qui retentit quand on
ouvre la porte arrière. Et personne
n'a cru les élèves assez imprudents
pour sortir de l'autobus et s'aventu-
rer dans la forêt.

Le chauffeur regarde au loin, monsieur Soucy regarde sous l'autobus,
et le mécanicien regarde sa montre.

— Vous êtes dans le troub' les
gars, dit ce dernier. J'ai pas peur de
vous le dire...

— Jamais autant que ces dix moi-
neaux-là, dit monsieur Soucy. J'ai
pas peur de vous le dire non plus.

Chapitre 11

La blessée
et la bio

—Est-ce une fracture ? demande madame Archambault.

—Pour le savoir, il faudrait…

—Non ! s'écrie Zou. Touchez pas à ma cheville !

À genoux devant elle, madame Archambault lui prend la main. Les yeux de Zou traduisent la peur plus que la douleur.

—Tôt ou tard, quelqu'un va devoir regarder…

—Regarder : oui, toucher : non !
Ça fait troooooooooooop mal !

L'enseignante se relève.

—Encore désolée du coup que je
vous ai donné, dit-elle. Vraiment désolée.

— Vous pensiez que votre élève
était en danger…, répond l'autre.

—J'aurais pu vous fracasser le
crâne !

—Vous ne m'avez qu'effleurée,
heureusement.

—Au fait, je me présente : Thérèse
Archambault, enseignante. Mon
groupe d'élèves et moi, nous nous
rendons au camp…

—Dix Ratons, répond l'autre. Je
sais, Zou m'a raconté.

Tendant la main, l'inconnue ajoute :

— Constance Perrault, biologiste.

En lui serrant la main, Thérèse Archambault constate à quel point la femme est non seulement grande, mais forte. Cette dernière propose

d'ailleurs de porter Zou sur son dos jusqu'à l'autobus.

— En empruntant les bons sentiers, ma yourte est à une vingtaine de minutes de l'autoroute.

— Votre quoi ?

— Ma yourte. Une tente inventée par les Mongols.

Zou se cache le visage dans les mains pour rire. Attrapant son fusil, Constance Perrault lui explique qu'avant d'être l'insulte que l'on connaît, Mongol désignait une race de nomades d'Asie centrale.

La biologiste s'accroupit, dos à Zou, pour permettre à la fillette de passer les jambes autour de sa taille et les bras autour de son cou. Pour plus de sûreté, on décide ensuite d'attacher la blessée à sa porteuse à l'aide de deux ceintures, l'une passée sous ses bras, l'autre sous ses fesses. Ainsi, aucun risque de tomber.

Zou se prend alors à rêver qu'un jour elle sera aussi grande que la biologiste.

— Combien tu mesures ? demande-t-elle après quelques minutes de marche.

— Zou ? intervient madame Archambault, les sourcils levés.

— Combien mesurez-vous-tu ?

— Un mètre quatre-vingt-cinq.

— Et vous faites quoi ici ? interroge à son tour madame Archambault.

— De la recherche, répond la biologiste.

— Sur… ?

— La faune… Notamment sur un animal qu'on croit disparu du sud du Québec.

— Lequel ?

— Le carcajou.

— C'est quoi, un carcajou ? demande Zou.

— Eh bien, répond Constance Perrault, c'est un drôle d'animal de la taille d'un chien, avec un visage rond, un pelage foncé et un collier

Carcajou de Zou

de poil gris et beige comme celui du raton-laveur ou de l'écureuil.

Zou se rappelle la bête qu'elle a suivie.

— J'en ai vu un tout à l'heure.

La biologiste s'immobilise.

— Impossible, Zou. Le carcajou est farouche, agressif. Sentant un danger, il t'aurait attaquée. Tu as dû voir une belette ou une marmotte. Ça ressemblait à quoi ?

Zou décrit avec précision l'animal qu'elle a vu.

« Était-ce mon carcajou ? se demande Constance Perrault. En ce cas, pourquoi n'a-t-il pas réagi en présence de la fillette ? »

Elle demande à Zou si elle se souvient de l'endroit exact où elle l'a vu.

— Non, répond-elle. Mais j'ai vu un gros rocher quelques minutes après.

— Oui, je sais lequel, dit la biologiste. Celui qui ressemble à un gros sanglier ou à…

Carcajou du Zoo

Constance Perrault est interrompue par une balle de boue qui lui effleure l'épaule. Puis, un deuxième projectile passe à quelques centimètres de sa tête.

— Mais qu'est-ce… ? s'exclame madame Archambault.

On entend la voix de Mia.

— Bougez plus !

— Mia ? Qu'est-ce que tu fais là ? demande l'enseignante.

— On vous sauve ! s'écrie Pomme de derrière un arbre.

— Ouais ! approuve Jano. Libérez notre amie Zou et madame Archambault !

Aux mots « notre amie », Zou sourit, absolument ravie.

Réprimant un sourire, la biologiste appuie son fusil contre un arbre. Aussitôt, Schtkl et Keran apparaissent, suivis de Pomme, Mia et Inès et les autres; tous sont armés d'un bâton.

Ils sont dix, DIX, à s'être lancés à sa rescousse. Et Pomme est là;

Pomme, qui ne lui en veut pas, qui pardonne toujours. Même cet imbécile de Jano est venu…

— Détachez-la ! ordonne Inès d'une voix forte. Tout de suite !

— Non, non, surtout pas ! proteste Zou.

— Hein ?

— Quoi ?

Madame Archambault s'empresse alors d'expliquer aux enfants qui est Constance Perrault, et ce qu'elle a fait pour Zou. Prêts pour une bagarre de bâtons et de balles de bouette, le commando est déçu. Néanmoins, tous s'offrent à porter leur camarade à la place de madame Perrault qui ne cache pas sa hâte de retourner dans sa forêt. Peut-être pourra-t-elle retracer l'animal que Zou lui a décrit ?

Après avoir reçu les remerciements de tous, Constance Perrault regagne le silence du boisé, et les enfants et l'enseignante, le tumulte de l'autoroute. Et de l'autobus.

Chapitre 12

Le moniteur et le mot de la fin

—… **C**'était un *cracajou*, raconte Zou pendant que l'autobus file vers le camp Dix Ratons.

Groupés autour d'elle, à deux ou à trois par banc, ses amis écoutent son récit.

— La madame vit depuis des semaines dans la forêt, dans une… une *yogourte*.

— C'est quoi ? demande Arthur.

— Une tente de mongols.

— Non, insiste Arthur, un *craca-jou*, c'est quoi ?

— Un genre d'ourson avec du poil de raton-laveur, un collier d'écureuil, qui est grand comme un chien, qui ressemble à une belette et qui marche en se déhanchant comme les filles de sixième.

Aussitôt, Jano se met à marcher dans la travée centrale, imitant le déhanchement des filles de sixième.

— Drôle, Jano !

— Assis, Jano !

Et le voyage se poursuit sans nouveaux incidents jusqu'à l'arrivée au camp Dix Ratons.

L'autobus est à peine immobilisé que deux gars et une fille montent à bord. Plein d'entrain, le plus grand souhaite la bienvenue au groupe.

— On vous attendait plus tôt, mais hey !, c'est pas grave ! s'écrie le moniteur en sautillant. Bon, vous allez vous installer dans vos hébergements, pis après ça, hey !, on a un souper qui nous attend, et après

le souper, hey ! hey ! hey !, ce sera
notre grand jeu de nuit qui s'appelle…

Et les trois moniteurs de complé-
ter à l'unisson :

— … PERDUS EN FORÊT !
Silence.

— Cool, hein ?

Louis Émond

 Louis Émond peut se vanter de s'être perdu à peu près partout. Des Promenades St-Bruno aux Galeries Lafayette, des rues de Montréal aux autoroutes de Laval, des Laurentides québé-coises aux Rocheuses canadiennes, Louis s'est égaré avec une belle régularité. Même muni du GPS tout neuf que des amis lui ont offert à son anniversaire, il a trouvé le moyen d'aboutir en pleine forêt, et d'y passer six heures, les roues de sa voiture embourbées dans 25 cm de boue et de neige. « Mais… mais c'est la faute de mon GPS ! ».

Lorsque ce champion incontesté de l'égarement se retrouve hors de son che-min, nous l'avons appris de source sûre, il perd vite patience, parce que, plus encore que la face, ce que Louis Émond déteste perdre, c'est son temps.

Tout cela étant dit, notre auteur, heureu-sement, ne perd jamais ses lecteurs ni le fil de ses histoires, et ceux et celles qui avaient perdu espoir de lire une aventure de Zou dans un nouveau Trooooooooooop…, n'ont rien perdu pour attendre.

Julie Miville

Perdue ? Moi ? Pas du tout ! Je suis une personne avec les deux pieds sur terre, voyons. Bon, d'accord, j'ai la tête dans les étoiles et j'adore ça.

J'aime fermer les yeux et imaginer mes prochains personnages, les couleurs que j'utiliserai, tout ça. Idéalement, je le fais allongée au bord de la mer. Mais puisque je n'y vais pas souvent, je me contente de m'installer à ma table à dessin. Pour être bien confortable, j'allume la lampe de ma table et sors mon petit coussin (pour mes fesses !).

Ensuite, je cherche mes feuilles blanches, je cherche mes crayons, je cherche ma gomme à effacer, je cherche mes ciseaux, je cherche ma règle et... je cherche ce que je voulais faire! C'est à ce moment que je réalise que je n'ai pas besoin d'aller bien bien loin pour être complètement perdue...

Troooooooooooop long !

À six jours de Noël, Zou n'en peut plus! C'est trop long ! Surtout qu'on lui a promis la poupée Alice Blabla, une poupée qui parle. Impatiente, Zou va tenter, sans grand succès, de faire passer le temps plus vite… jusqu'à ce qu'elle découvre quelque chose d'important.

Troooooooooooop mou !

En apprenant que madame Archambault, son enseignante, est très malade, Zou s'inquiète. Et son inquiétude grandit quand elle entend le suppléant, un certain monsieur Mennessier, dire qu'un enseignant n'a pas besoin de punir, de forcer, de discipliner.

Ah bon ?

GARANT DES FORÊTS
INTACTES

Ce livre a été imprimé sur du papier Sylva enviro
100 % recyclé, traité sans chlore, accrédité Éco-Logo
et fait à partir d'énergie biogaz.

Achevé d'imprimer
à Montmagny (Québec)
sur les presses de Marquis Imprimeur
en juillet 2015